U0140904

YA TAI NEW DESIGN
亚泰新设计

刘颖芳 编著

天津大学出版社

图书在版编目(CIP)数据

亚泰新设计 / 刘颖芳编著. —天津:天津大学出版社,
2010.7

ISBN 978-7-5618-3585-2

Ⅰ．①亚… Ⅱ．①刘… Ⅲ．①装饰美术—造型设
计—作品集—中国—现代 Ⅳ．①J525

中国版本图书馆CIP数据核字（2010）第130668号

组稿编辑 油俊伟
画册统筹 关立周
英文翻译 程秀敏
装帧设计 田　晟

出版发行 天津大学出版社
出 版 人 杨　欢
地　　址 天津市卫津路92号天津大学内（邮编：300072）
电　　话 发行部：022-27403647　邮购部：022-27402742
网　　址 www.tjup.com
印　　刷 深圳雅佳图印刷有限公司
经　　销 全国各地新华书店
开　　本 210mm × 285mm
印　　张 10
字　　数 105千
版　　次 2010年8月第1版
印　　次 2010年8月第1次
定　　价 148.00元

目 录
CONTENTS

PREFACE I
序一

中国室内设计是改革开放社会大背景下的行业发展奇迹。30年来，在建筑界营造了一个建筑装饰行业，在教育界建立了一个环境艺术设计专业，在职业界成就了一大批设计师与管理者。

改革开放商品经济的发展，单个空间的个性化要求，巨额的商业投资利润，这样三种因素促成的合力，使得中国的室内设计行业得到了迅猛的发展，并呈现出从公共空间（20世纪80年代）到办公空间（20世纪90年代），最终到居住空间（21世纪初）这样一个特殊的逆向发展过程。由其催生的装修装饰业态，成为建筑界三大支柱性产业之一。

经过30年的发展，室内设计业界确立了包括平面设计与空间组织、专业协调与设计、光照与色彩设计、材料与装修设计、陈设与装饰设计在内的总体设计概念，基本完成了中国特色室内设计业态的建构，并以此引领了中国设计的发展。面向未来，室内设计一定是以环境观念为主导的期间。人工与自然环境的共融共生，"绿色设计"所导致的生态建筑，将会成为发展的主流。设计的观念将会全面更新，从传统美学观到环境美学观，从产品设计观到环境设计观，最终达到可持续设计的理想境界。

在全球化的背景下，经过几代室内设计从业者的努力，符合人类文明进程规律，科学的宏观设计战略与微观设计战术并行发展，具有自身鲜明特征的中国室内设计必将在下一个30年中实现。

《亚泰新设计》所反映的正是中国室内设计发展历程中一个鲜活的缩影，编撰者同样经历了与众多室内设计从业者相仿的酸甜苦辣。中国特殊的社会发展背景，导致了恶劣的设计生存环境，能够有所成就者无不经历了只有自己知道的艰辛。然而，正是千千万万室内设计从业者的奋斗，才铸就了今天中国建筑装饰行业的辉煌。

《亚泰新设计》所选择的设计作品正是今天中国室内设计市场主流的风格导向。在一个多元化并存的过渡发展期，设计者各种各样的有益探索，都是为了达到生态文明所企盼的未来，都是为了让人们生活得更加美好。

清华大学美术学院常务副院长、教授、博士生导师

PREFACE II
序二

　　《亚泰新设计》一书在21世纪第一个十年正式出版了，我感到非常激动。这十年，正是公司艰苦创业、快速发展的十年；是青春挥洒、意气风发的十年；是集思广益、创意无限的十年。《亚泰新设计》凝结着我们的热情、欢笑、汗水与泪水，它是公司阶段设计成果的展示，更是公司设计精神的一次集中迸发。

　　轻轻地翻阅它时，我思绪万千，感觉到每一个设计项目仍然历历在目。仿佛那设计的创意还在探讨、那勾勒的墨迹还未曾干去、那电脑的键盘还在敲击、那设计的画面还在渲染，这一切就如昨日一样清晰而深刻。这就是我们的设计故事，它有时激昂，有时舒缓，有时前卫，有时怀旧。现在，我们将这些故事加以提炼、编辑后隆重地呈现在您的面前。我只想说，这一切就是我们真实的写照，是公司十年发展的最好见证。

　　《亚泰新设计》一书的出版承前而又启后，我们在回顾总结过去的同时，不断地进行着自我否定与自我创新。希望用我们的坚持与执著、灵感与创意、知识与技能带给您更多、更完美的空间环境。

北京城建亚泰装饰设计有限公司　董事长

FOREWORD
前言

有一位哲学家写了一本书叫《设计哲学》（*Philosophy of Design*）。他说现在的圆珠笔几乎都是免费送出去的，因为里面的材料和科技几乎是不值钱的，唯一有价值的就是设计。所以他有一句话说道："Everything depends on design."（一切源于设计。）所有的产品都有设计在里边，吸引我们的就是设计。近年来发展的创意产业，其中大部分都是在讨论如何从设计上让产品或项目更具吸引力。装饰设计作为设计的一个分支，如今变得如此热门，除了最初追求外在的形式美以外，还因为设计能赋予项目更多的创意与内涵。

品质

优秀的项目设计应该具备功能、创意、适度的特性，以满足使用者的要求。在设计中坚持使用并不断地发掘持久耐用且绿色环保的装饰材料，并且合理地运用一些新技术、新工艺等将材料完美地组合起来。品质源于专业，设计团队只有充分具备了上述条件，才能使设计作品具有更高的品质。

冒险

每一次设计的过程，就好比是一次冒险之旅，旅途中充满着激情和挑战。我们会发现方案往往游离于传统的观念和旧有的形态之外，譬如"蜂巢""剖析设计法"等诸如此类的概念设计。一个恰当的故事情节能让设计方案更富于魅力，并且快速反映出投资的意图以及激发团队的创造力。

平衡

责任预算与价值工程是既定的，然而项目团队的长远设计却不能因此受到阻碍，首当其冲的大事是增加相互的交流，同心协力出谋划策。这既是为了撷取有效的信息，并对方案进行自由的交流，又是解决问题的途径之一。那些富于个性的服务与交流自始至终都体现在细节中，使设计达到平衡。

责任

近几年来，中国装饰市场日益发展壮大，全国各地都在开展不同形式的设计竞赛，以求更加完美的设计。而优秀的设计作品背后一定会有一个有责任心的设计团队。从初期的考虑——尊重业主意见并与当地独特的文化气质相结合，进而初步勾勒设计轮廓，设定设计关键节点。再通过与业主或用户的深层次沟通，了解他们对设计的需求和想法后，开始具体实施到改进和完善设计方案，以提供协调的艺术设计与优质服务。责任贯穿于项目始终，责任指引着设计团队的工作，责任决定着设计成果，责任预示着市场结果。

北京城建亚泰装饰设计有限公司 总经理

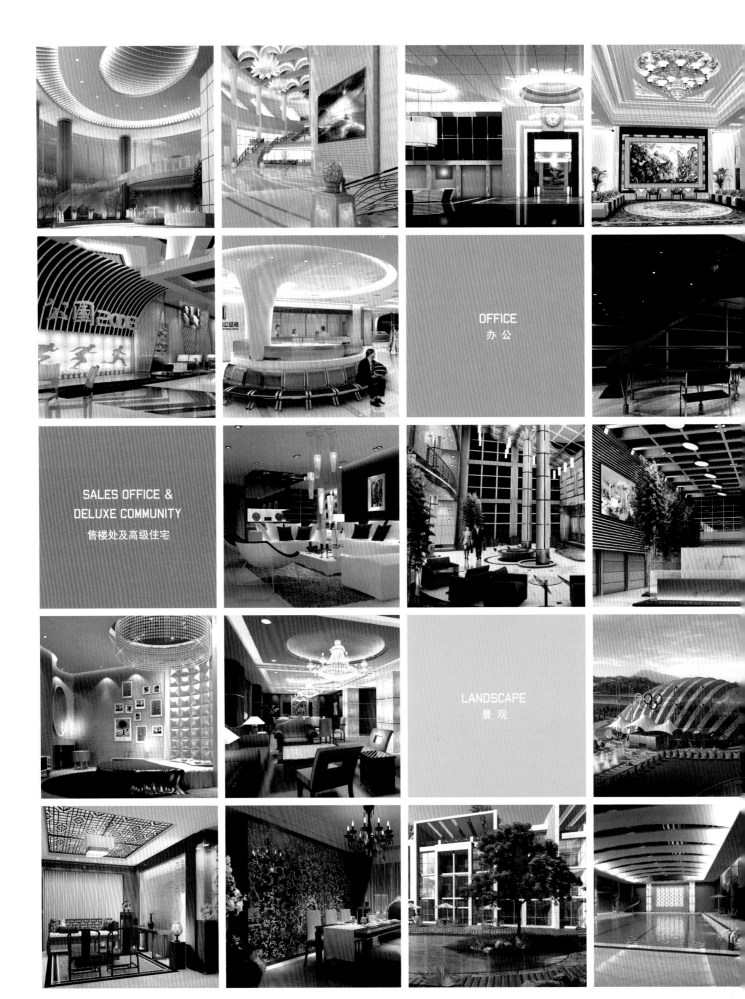

OFFICE
办公

SALES OFFICE &
DELUXE COMMUNITY
售楼处及高级住宅

LANDSCAPE
景观

HOTEL
酒店

PUBLIC FACILITIES
公共事业

OFFICE
办公

从20世纪七八十年代的为了办公而办公，到现在为了体现企业形象，而使得办公环境发生了本质的改变。

恍若一瞬间……

现代企业都把树立企业形象作为整体发展战略的一项核心内容，而企业办公空间正是展示企业形象与企业文化的一个重要载体。办公空间设计不只是做单纯的表面功夫，而是为业主打造出"量身定做"型的设计，要融入设计思想并很好地将其表现出来，同时与其他相关配套专业合理有序地组织在一起，从而打造出完美的办公空间作品。

New Building Materials Business Office
Location : Fenghui Zhong Lu, Haidian District, Beijing
Project Area : 45 000 m²
Design Time : 2005

新材料创业大厦
项目位置：北京市海淀区丰慧中路
项目面积：45 000 m²
设计时间：2005

新材料创业大厦是永丰产业基地的一期项目，它坐拥西山无限风光，为整个产业基地提供一个完善的办公、商贸洽谈、多功能展示、会议的场所，代表该产业基地的龙头形象。

本案设计功能布局齐全、合理，形式现代、简练，材料新颖、环保，并注重"以人为本"的指导思想，力求处理好建筑外与内的联系与统一关系。

四季厅是创业大厦的中心枢纽地带，亦是大厦与将来二期工程的一个核心交汇点。通过这里，人们可以到达两处办公大楼。我们首先在大厅的中央设计和创作了一条"中轴线"，在中轴线上分别安排了前区接待台、水景化的休息区。这条通过铺地材料颜色的变化而形成的"中轴线"一直延伸到室外。接待台布置在"中轴线"上，会给迎面进来的客人带来很大便利，并以简洁的造型传递着现代的气息。服务台后面是一处带水景绿化的休息区，挺立的翠竹与墙壁上的灯箱、电子显示屏等充满现代功能氛围的空间形成强烈的对比，舒缓了人们的视觉及心理感受，是人性化设计的一种体现。

首层四季厅

1. 十一层通廊
2. 二层休息区
3. 二层洽谈区

电梯厅设计 首先，我们在理解本建筑与该处环境巧妙融合时发现该建筑一大卖点是能饱览西山的四季变幻的风光，所以决定将这种四季的特点带进室内，融入到电梯厅的设计中。我们创作了一种"橱窗"式的设计，就是在电梯厅的主墙身设计了一个薄薄的玻璃式发光"橱窗"。"橱窗"内是按冬、春、夏、秋四种季节所代表

的四种不同的颜色分别设计在不同楼层，即首层的冬银，二层的春绿，三至十层的夏蓝，十一层的秋红，并以此作为不同功能性的识别。强烈的颜色图案色块将给客人留下深刻的印象，以此提高本大厦的整体现代形象。

走廊多头石英灯

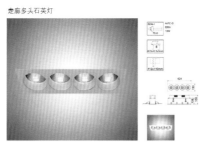

镜面间接反射系统

石英灯

电楼间日光灯

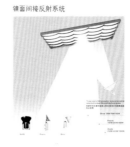

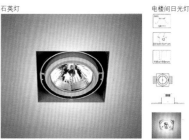

多功能厅设计 我们考虑到本空间的多功能性及所需功能的兼容性，在设计中主要以形式服务于功能作为设计的主导思想。例如，活动间隔屏风，通过一种简单的"框式"设计将屏风融合在设计方案之中，当它展开或是收藏的时候，该"框式"并没有因此而被"破坏"，反而为不同大小空间创造了一种和谐的韵律感。另外，于花的设计亦很独特，由不锈钢框架和玻璃不断重复组合而成。当多功能厅举行大型会议或新闻发布会时，所有玻璃格栅内的灯都会打开，光透过喷砂安全玻璃柔和明亮地洒满整个空间。酒会或歌舞晚会时，隐藏在造型与造型之间的卤钨射灯便大显身手，它射出的光线与墙面的二次光相互辉映，为多功能厅营造出一种梦幻般的气氛。

1. 电梯厅
2. 灯具设计
3. 十一层多功能厅

Huajie Plaza

Location : Dazhongsi, Haidian District, Beijing
Project Area : 59 924 m²
Design Time : 2004

华杰大厦

项目位置：北京市海淀区大钟寺
项目面积：59 924 m²
设计时间：2004

　　本案室内设计围绕椭圆形建筑外立面展开。为契合外立面轮廓的感受，室内部分在天花与地面上均设计与之相呼应的造型及拼花图案。在天花设计上，中心位置为椭圆形造型加直线条设计，增加了吊顶造型的层次。天花整体线条排列指引向中心，以此突出大堂的向心感。通向二层的楼梯，我们选用玻璃及不锈钢材质。通透的玻璃栏板轻盈而不失稳重，很好地烘托了整个空间氛围。北侧门厅、电梯厅力求设计元素在统一中的变化。电梯厅入口上方墙面竖向均匀地排布造型线条，材质为玻璃。电梯厅地面铺设为同心圆图案石材。本案室内空间的诠释，聚集于圆这个设计元素上，并结合线、面的组合运用，完美地呈现出来。

1

1. 首层大厅（方案一）
2. 公寓入口大厅
3. 北侧门厅
4. 电梯厅
5. 首层大厅（方案二）

Tianheng Development Center Building

Location : Fuwai St., Xicheng District, Beijing
Project Area : 18 875 m²
Design Time : 2005

天恒置业大厦

项目位置：北京市西城区阜外大街
项目面积：18 875 m²
设计时间：2005

本案位于北京市西城区阜外大街，比邻西二环金融街，周边交通便利，商业气息浓厚。大厦为北京天恒置业集团兴建。本案设计包括首层大厅、电梯厅、集团办公区等部分。

当我们步入首层大厅时，灵动而富有质感的玻璃装饰即刻映入眼帘。抬头向上，在拥有理想层高的铝板吊顶上，三组圆形造型的天花形成极强的视觉冲击力，集团标志融入在中心圆形造型内，一眼即可望到。在分列两侧的天花造型下，垂吊着定制的圆形玻璃吊灯。吊灯的圆与地面服务台的圆相对，彼此呼应，相得益彰。首层大厅背景墙面运用了深色背漆玻璃、不锈钢、石材等材质。玻璃在此处的运用，更彰显了空间的通灵与精致。电梯厅外侧套口石材采取了通顶设计，挺拔而又饱满。地面则满铺深色石材配以浅色方形拼花图案，寓意着天圆地方的设计理念。地面石材拼花纹路向中心铺设，起到了装饰效果与人流指向功能兼顾。纵观整体设计带给人以现代、灵动、活力之感。与白天相比，夜晚灯光点亮的大厅光影变化更加丰富，更是晶莹迷人，真是让人记忆深刻。

☆ 荣获"建筑装饰优质工程奖"

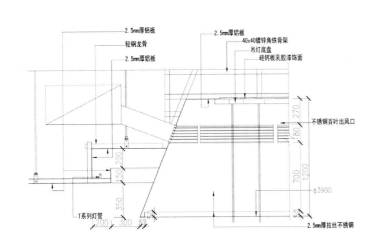

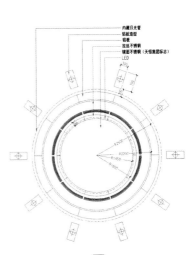

1. 首层大厅
2. 大堂天花板灯平面图
3. 灯平面图
4. 灯平面图
5. 天花吊灯完成照片
6. 天花造型完成照片
7. 天花造型效果图

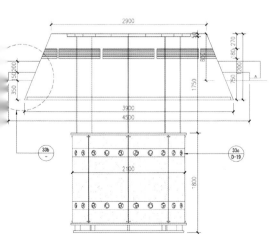

Guoxin Securities Building, Financial St., Beijing

Location : Xingsheng St., Xicheng District, Beijing
Project Area : 13 000 m²
Design Time : 2009

北京市金融街国信证券大厦

项目位置：*北京市西城区兴盛街*
项目面积：*13 000 m²*
设计时间：*2009*

本案大厅层高高挑，我们的设计充分发挥了建筑的结构优势。天花部分采用银灰色铝条板组合而成，在条板有韵律的长短变化中，大厅天花如波浪般地起伏，形成蔚为壮观之势。在墙面及柱面的设计上，大面积的采用了木饰面染色工艺，而地面则以黑色石材为主。我们将前台设计成圆形，设置在大厅的右侧。这样一来，很好地将主要动线与休息区隔开，动线顺着地面石材导向进入电梯厅。首层电梯厅的设计是大厅设计风格的延续。本案设计在材质及色彩上结合了木质的红色、背漆玻璃的黑色、铝条板的银灰色等，极大地丰富了空间色彩效果，带来了极强的视觉冲击力。

1

1. 首层大厅
2. 景观休息区
3. 首层电梯间

Beijing Fangyuan Notary Public Office

Location : Dong Shuijing Hutong, Dongcheng District, Beijing
Project Area : 5 000 m²
Design Time : 2008

北京市方圆公证处

项目位置：北京市东城区东水井胡同
项目面积：5 000 m²
设计时间：2008

1. 会议室
2. 外立面
3. 首层西大厅
4. 二层接待厅

　　北京市方圆公证处新办公地址位于朝阳门桥西南。公证处总体分为公共区和接待办公区两大部分。在公共区的设计上，我们大面积使用了白色，以表达公证、透明、诚信的企业形象。虽然白色大量使用，但其中也蕴涵着丰富的变化，如白色机刨石的肌理、白色天然石材的纹路、白色软膜结构等。同时，我们将公证处的形象墙置于醒目位置，并借用其标志的韵味，将红色点缀其中，使空间散发出现代、整洁、温馨、大气之感，符合公证处对于新办公形象的要求。在办公接待区的设计上，结合首层大厅的色彩并融入浅黄色等颜色，增强了办公感受，营造了别致、温馨的接待氛围。通透的玻璃隔断、简约时尚的天花处理，无处不散发着企业的魅力。值得一提的是，我们将企业标志元素融入到门把手的设计当中，以此突出企业形象，传达企业文化理念。

多功能厅

Beijing Hwa Create Co., Ltd.
Location : Shangdi, Haidian District, Beijing
Project Area : 约20 000 m²
Design Time : 2009

北京华力创通科技股份有限公司
项目位置：*北京市海淀区上地*
项目面积：*约20 000 m²*
设计时间：*2009*

　　本案室内设计以业主方的企业标识为切入点，并以此展开完成。大厅的设计突出圆形的表达，地面图案与公司标志主题相呼应，使企业形象在核心空间内进一步得到加深。大厅墙面为深色石材墙裙与浅米黄色石材的组合运用，突出企业雄厚的技术力量。咖啡吧设置在大厅的一端，环境颜色与大厅相协调，墙面运用木质与玻璃组合，吊顶则为不规则圆形组合，再配以别致的吊灯，处处都流露出咖啡吧的一份轻松与活泼。

1. 咖啡厅
2. 首层大厅（手绘方案一）
3. 首层大厅（手绘方案二）
4. 首层大厅

Export-Import Bank of China
Location : Beiheyan St., Dongcheng District, Beijing
Project Area : 32 000 m²
Design Time : 2004

中国进出口银行
项目位置：北京市东城区北河沿大街
项目面积：32 000 m²
设计时间：2004

☆ 荣获"北京市建筑装饰优质工程"奖

Export-Import Bank of China
Location : Beiheyan St., Dongcheng District, Beijing

1. 会议室
2. 接待室

503 Yungang Ground Station

Location : Yungang, Fengtai District, Beijing
Project Area : 6 000 m²
Design Time : 2008

503所云岗地面站

项目位置：北京市丰台区云岗
项目面积：6 000 m²
设计时间：2008

1. 接待室
2. 会议室
3. 餐厅包间
4. 展厅

503所云岗地面站工程的建筑设计是将建筑结构形式与使用功能和环境完美结合的一个出色的设计方案。建筑所提供的室内空间也具有此特性，因此我们的室内设计宗旨是建筑语言的延伸与深化。通过极简的材料运用，穿插于室内的绿植区与航天蓝的点缀，营造出一个简洁、明快、使用功能与美学并重、充满绿色的舒适空间。展厅是本建筑的核心空间，承载着大堂、展厅、过渡空间的多种功能。因此，室内设计力求简洁，充分体现结构美，同时满足其多重使用功能的要求。顶部采用电动百叶设计，兼顾采光及遮阳功能。

北楼门厅是北楼办公区的重点，利用结构预留的共享空间，将植物引入室内，高耸的植物直到二层空间，其背后运用航天蓝色烤漆玻璃一直做到二层吊顶，寓意航天事业的勃勃生机，地面为定制石材，墙面为玻化砖设计。

首层总平面图

VIP Reception Building of an Airport in Beijing
Project Area : 1500 m²
Design Time : 2009

北京某机场贵宾接待楼
项目面积：*1500㎡*
设计时间：*2009*

一号候机厅

本案为机场贵宾接待楼室内精装设计，建筑面积1 500 m²。本案的建筑意义重大，对室内设计要求标准非常高。在接到本设计项目时，业主方提出了以下三点基本要求：

一、要展示中华民族上下五千年的历史文化底蕴；

二、要体现当代中国在世界舞台上泱泱大国的风范；

三、要突出接待楼的接待规格和接待品质。

出于上述三点考虑，经过多方讨论和反复斟酌，最终确定以中国改革开放30年的发展作为贵宾接待楼设计的主题。之所以做这样的定位，主要因为中国改革开放使中华大地再次焕发了活力，中华民族终于踏上了民族复兴的伟大征程！在这30年间，中国各方面建设均取得了伟大的成就。

主题的确定给了设计者一个清晰的定位，围绕这一主题，我们从空间、造型、图案、色彩、材料、机电、灯光、声学等方面展开了进一步的

设计构思。整体思路是以空间和造型体现贵宾接待楼鸿图华构般的宏伟气势，从装饰图案的内容上展示中国的历史文化积淀，用色彩和选用得当的材料来突出贵宾接待楼隆重、高贵、热烈的品位和气质。同时，机电、灯光、声学等专业的紧密配合也使得整个空间设计环境的品质更臻完善。

空间计划

一号接待厅为东西向四跨长20 m，南北向三跨长13 m的长方形空间。在这里要安排接待区、电话间、卫生间等功能空间，因此如何通过设计规划塑造空间尤为关键。本设计结合南北两个方向的辅助空间——电话间、卫生间，通过一组照壁，将其从整个大厅中相对独立出来而成为一个小过厅。这样既满足了将辅助入口尽量隐藏的要求，又使西立面保持了完整，并把原来相对狭长空间的长宽比例进行了改善，形成一个居中的正方空间，其穹隆顶造型也与两旁各不相同，进一步强调了其中心位置感，使整个大厅因此形成一个有主有次的二段式划分，在空间效果上有了明

1. 贵宾接待厅
2. 三号候机厅

显的改观，很好地奠定了贵宾接待楼大气磅礴的非凡气势。

造型计划

贵宾接待楼的整体风格是西式的造型、中式的做法，是"中西合璧"的大气之作。为了保证整体风格的协调一致性，在设计思路上始终延续了这一理念，从空间的划分到细部的推敲均是西式的比例，但具体的做法却仍然是中式风格。例如，在墙面和顶面的造型上参照了西方古典主义三段式的严谨比例，利用壁柱和结构天花进行构图，但其柱础、柱头、壁龛细部、藻井、花饰线脚等都是中式的做法。在楼层净高近 7 m 的室内，这种大体量与小细节强烈对比的处理手法在视觉上达到了既整体又富有层次感，饱满而又精致，高雅而不繁琐，简洁又不失精致，渲染出了宏伟壮观、典雅别致的装饰艺术氛围。

色彩计划

纵观国内外大型接待厅、会议厅、宴会厅的色彩运用，红、白、金三种颜色的搭配最能营造出金碧辉煌、流光溢彩、隆重热烈的氛围效果。红色烘托热烈的气氛，白色体现崇高典雅的气质，金色蕴涵着高贵与华丽。因此，本案地面选用带织花红色地毯铺装，顶面整体为白色，墙面局部或是镶嵌米黄色大理石壁龛，或是装点金箔贴面，或是加以描金线脚，都与红白两色相互辉映，彰显着富丽堂皇、雍容华贵的高雅氛围。

材料计划

为确保达到红、白、金三种颜色的协调搭配，必须选用合适的装饰材料。由于红色地毯在视觉上所占的面积最大，对烘托气氛至关重要，因此在整体大红色地毯中织入了巨形团簇高级手工织花图案，配合顶面的宋代三卷如意头描金绘画，以达到相互对应、相互烘托的效果。墙面为避免大面积使用高光大理石而造成的冷峻感和回音干扰，选用了颜色较浅的沙岩云石并做哑光处理。为了强调柱础、柱头，在设计中用留缝和镶嵌的手法加以明确。墙面壁龛等处则选用云纹描金雕刻方式，凸显造型的细腻。顶面大部分选用

环保材料埃特板,局部采用透光云石,藻井内贴金箔,四周饰以描金线脚,在灯光的照射下,熠熠生辉。

图案计划

为使整体空间能配合使用功能的需要,营造和谐典雅的气氛,在装饰图案的选择上均以吉祥云纹、牡丹、如意卷草纹等具有中华民族传统象征意义的图案为主体,从地面地毯上的印花,到墙面壁龛上的浮雕,直至顶面藻井中的各类花饰图案,都是专业创意构思,是为空间量身定制的。而作为背景的主题画更是一幅展示我国改革开放30年的巨型浮雕艺术品。所有这些,仿佛都在向来访者述说着中华民族悠久灿烂的历史和发展前进的实力。

机电计划

鉴于贵宾接待楼特定的使用要求,照度要求达到500lx,则灯具发热量较大,同时人员相对比较密集,为此必须做到有足够的通风量,并保持空气的清新。但加大通风量势必增加出风口的面积,为了使送风口和回风口的设置不影响整体的造型,本设计中采用了顶部侧面送风和墙面壁龛处回风的空气循环系统。顶部侧面送风口隐藏于顶面分级吊顶的高差面,并用线脚加以装饰,而墙面壁龛处回风口则巧妙地设置在吉祥云纹镶空木质花饰中,其功能与形式得到了完美的结合。同时,为了使立面完整统一,所有的电源、电话插座以及温控器、风速器也都隐藏于装饰线之内,绝无杂乱之感。

声学计划

根据贵宾接待楼所需的混响频率特性,设计采取了多种手段以确保接待厅的声学使用要求。由于墙面大部分为石材饰面,为保证墙体上吸音面积不低于20%,并尽量做到分散布置,壁龛的衬底均做咖啡色吸声软膜处理。另一方面,因大厅中地毯等织物应用面积大,中高频吸收易于保证,但低频吸收显然不足。因此在顶面,用埃特板做方孔序列造型和双层结构,利用造型的阻力作用,达到低频吸声效果。此外,为了满足接待厅现场播放音乐等不同混响要求,巨型窗帘均是强吸声挂帘,可以变更大厅的有效容积,从而调整混响,效果十分明显。

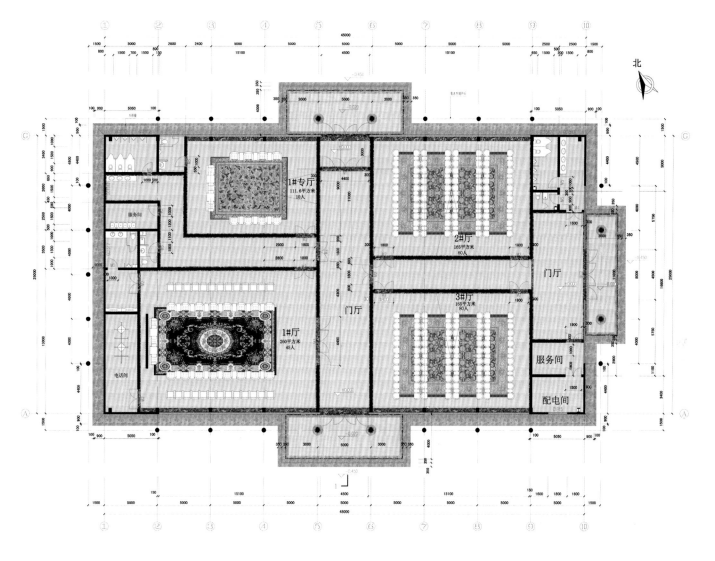

总平面布置图

Shouke Complex

Location : Liuliqiao, Fengtai District, Beijing
Project Area : 80 000 m²
Design Time : 2009

首科大厦

项目位置：北京市丰台区六里桥
项目面积：80 000 m²
设计时间：2009

　　本案位于丰台丽泽商务区的核心地带，在建筑外立面设计上突出建筑固有的外形轮廓，增强体量感与挺拔感。线、面、体的组合运用，简练而富有张力，使该建筑散发着区域标志性建筑的气质魅力。

1. 外立面（现场照片）
2. 外立面

Beijing Capital International Airport Terminal 3 T3A T3C

Location : Shunyi District, Beijing
Project Area : **T3A:** 160 000 m²   **T3C:** 21 000 m²
Design Time : 2008

首都机场三号航站楼T3A T3C

项目位置：北京市顺义区
项目面积：*T3A：160 000 m²   T3C：21 000 m²*
设计时间：*2008*

☆ 荣获"参施鲁班"奖

1. 休息等候区
2. 航站楼内部

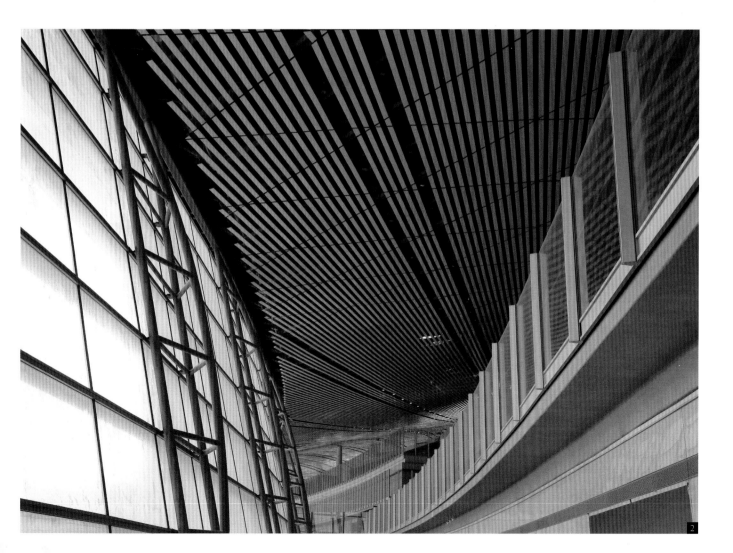

2

1. 航站楼内部
2. 公共电话间
3. 行李提取区

Beijing Snow-lotus Cashmere Co., Ltd.
Location : Yinghai Industrial Park, Yinghai Town, Daxing District, Beijing
Project Area : 35 000 m²
Design Time : 2005

北京雪莲羊绒股份有限公司
项目位置：北京市大兴区瀛海镇瀛海工业园区
项目面积：35 000 m²
设计时间：2005

本案在大厅的设计上，结合层高较高的特点，天花采用造型向下突出的椭圆形吊顶，内设发光灯槽。此设计层次感强，同时呼应了地面的企业标志石材拼花图案。墙面及地面统一选用了灰色花岗岩石材。在大厅内面对入口处设计了企业形象墙，运用企业的标准色及标志文字的组合，完美地诠释了企业的品牌与品质。

1. 外立面
2. 小门厅（现场照片）
3. 小门厅
4. 首层大厅

四季大厅

Grand Theater of Ningxia

Location : Jinfeng District, Yinchuan, Ningxia
Project Area : 48 610 m²
Design Time : 2010

宁夏大剧院

项目位置：宁夏银川市金凤区
项目面积：48 610 m²
设计时间：2010

　　宁夏大剧院工程是宁夏回族自治区成立50周年的重点工程，是宁夏有史以来首次兴建的大型综合性剧院，是最具标志意义的文化设施。大剧院是宁夏人民演艺文化的舞台，同时也是世界了解宁夏的重要窗口。因此，我们在本案设计中立足宁夏深厚的历史人文背景，充分吸取当地文化之精髓，捕捉自治区的发展足迹，分析确立了"传承·印记·绽放"这一核心设计理念，以此展开并贯穿于设计始终。我们利用宁夏独特而富有魅力的历史、文化符号的传承烙印，进行新的室内设计符号的创意，并通过这些新的符号更好地表达新的时代，新的文化感受。宁夏丰富的文化历史资源是我们此次设计最大的灵感来源，用现代的手法继承历史、弘扬文化，是此次设计过程中所追求的最高目标。

西门厅

1. 北入口门厅
2. 南门厅过厅

1. 贵宾厅
2. 西门厅多功能厅前厅
3. 北入口休息厅

2

3

Private Club

Location : Shunyi District, Beijing
Project Area : 2 100 m²
Design Time : 2008

私人会所

项目位置：北京市顺义区
项目面积：*2 100 m²*
设计时间：*2008*

　　建筑及室内标识从某种程度上讲，是建筑的眼睛，是无声的导游。好的建筑标识是建筑细节的有力补充，能让空间思路更加清晰。

EXCLUSIVE INTERVIEW
设计师专访

新华社新闻大厦精装修工程——细节决定成败

许大庆
北方交通大学建筑学专业
北京城建亚泰装饰设计有限公司总工程师
曾参加项目：宁夏大剧院、北京市方圆公证处、新材料创业大厦、国办一二三会议室、国办第四会议室、天恒置业大厦、长春速滑综合馆

☆ 荣获 "北京市建筑装饰工程优秀设计奖"、"北京市建筑装饰优质工程奖"

新华通讯社简称新华社，是中华人民共和国的国家通讯社，是中国最大的新闻采集和发布中心，是中国的声音所在。

本次新华社新闻大厦维修改造工程室内深化设计，主要突出以下三个方面：一、在空间上，有效地提升舒适度，给予空间更多的变化；二、在深化设计手法上，通过细节设计传承新华社的文化脉络，用细节体现出精致；三、在功能上，强调新技术、新材料的应用，体现办公的舒适与效率，与世界先进媒体接轨。下面，我就本次深化设计进行简单的阐述。

首先，在空间改造上，外扩了首层西侧门厅，西门厅在增加了进深之后变得开敞明亮，使空间更具张力。同时，打通了多功能厅和电梯厅之间的办公室，使之形成开敞式的北侧展览区域，此举既增加空间的可视性，又缓解了首层电梯厅人流集中的压力。再有，就是将南侧现有的接待室重新整合，将原隔墙改为活动隔断，便于空间的灵活使用，使南侧空间顿时宽阔、明亮起来。落地外窗的设计使室外的绿色尽收眼底。在四层设置室外屋顶花园，将绿化引入人的视线内，拉近了办公空间与大自然之间的距离。

其次，在深化设计手法上，利用对构造的细部雕刻，以入微的触感融入材质的独特感受中，融合整体装饰风格，完善视觉效果。将文化底蕴、建筑风格、装饰元素协调统一在空间里，最大程度地实现人对环境、人对办公的需求。下面，我将结合重要空间部位来做进一步的说明。

西大厅是新闻大厦的主出入口，是大厦的面孔，精气神之所在。西大厅的装饰风格是整座大

1. 新闻大厦外立面
2. 南展厅

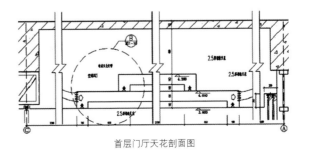

首层门厅天花剖面图

1. 北展厅
2. 贵宾接待厅
3. 多功能厅
4. 发稿大厅

厦装饰风格的基调与方向。大厅内四根石材柱挺拔且力量感十足。东墙面上多媒体无缝拼接屏幕直点大厦的功能主题。大厅天花采用均匀阵列布置的藻井设计，配以圆形装饰吸顶灯，形成空间的序列震撼感，也暗合中国传统造型中追求的对称审美。地面上的横向深色装饰石材线条，在视觉上增加了空间的延展宽度，同时进一步强化了动线的指引性。

北展厅是新闻大厦最重要的一个动线节点，也是对外进行传播、展示、体现新华社风采与影响力的一个初步展示场所。在装饰手法上通过天花与地面条状的装饰带，呼应大厦西门厅的视觉感受。通过条状灯带对空间进行细腻的明暗分隔，使空间更富变化，更具动感。以空间的明暗跳跃、细部的充分雕刻、信息的全面展示，来打造这个集动线和展示功能于一体的空间。

南展厅作为大厦另一个重要的动线节点，与北展厅遥相呼应。在功能上，南展厅是一个具备了展览、会议、接待等多功能的综合空间。结合功能的多样化，设计中多选用了细腻、自然感强的装饰材料，从灯具的选用上便可看出。活动隔断采用新型建筑材料树脂板进行面层装饰。隔断封闭时，围合而成的具有会议、接待功能的空间闪然而现；开敞时，大开间的展示空间跃然而出。

多功能厅集合了电视电话会议、讨论式会议、报告式会议、常务会议、各种论坛等功能于一身。在建筑声学、光学、数字网络系统、音频视频设备等方面都提出了很高的设计要求，所以在深化设计过程中，利用装饰的手法及细部构造的处理，使装饰与声、光、电完美地融合。通过对天花造型的细部处理，使用透光灯片把三基色的T系日光灯转换成均匀的面光，使空间的照度更加均匀、柔和，显色效果达到最佳。墙面细节上利用壁灯增强水平方向的空间照度，满足了视频面光的需求。吸声板选用雅致的木色结合天然的石材纹理，更好地营造了空间的整体气氛，使空间感受更富动感。在深化设计过程中，通过一系列对材质、对细部的精心调控，在满足建筑装饰美学的同时，极大改善了建筑声学、光学条件，为多功能厅提供了最有力的保障。

贵宾接待厅作为大厦重要的一个接待空间，主要以温馨的色彩、柔和的灯光、瑰丽的软装饰，结合大块面与细节的对比，来营造一个庄重、雅致而不失热情的待客空间。电视电话会议室秉承新闻大厦整体设计风格，注重天花和墙面的细部处理。此空间与多功能厅在细部装饰手法的处理上相互引用而又相得益彰。

直上三层来到新闻大厦发稿大厅，此处是整个新华社新闻资料采集、整理、汇总、存储、发

布的汇合中心，是核心办公区域，其重要性不言而喻。此空间通过大色块的运用，结合天花面光的照明效果，再融合玻璃引入的大量自然光，使办公空间的舒适度有了质的提升。而树脂板、橡胶地板的引入，又为空间平添了一份活力。

回顾整个室内深化设计过程，是在保留传承新华社的文脉、精神、文化底蕴的前提下，借助中式装饰的高贵而内敛、细腻而不繁杂的精髓，完善了空间建筑构造，把现代感和亲和力作为新的设计要素融入进来，形成了符合新华社人文气质的室内装饰氛围。并结合大量细部造型深化、合理地整合装饰材质，注重节能、节材、环保，促进空间节约及利用，最终达到了本工程设计、造型、材质、电、光、声、影的高度和谐统一。

面对已经投入使用的工程，梳理着整个深化设计历程，感受到一种别样的心情，真是细节决定成败，正确的风格指引和细节的精细刻画是工程成功的必要前提。

喷泉水池

900X

SALES OFFICE & DELUXE COMMUNITY
售楼处及高级住宅

如果生活本身是一首诗的话，通过我们别具匠心的设计，承载生活点滴的空间也将成为诗的化身。

空间的流畅性正如诗的韵律，可以很抒情，可以惊涛骇浪。塑造空间风格的同时，也就等于把诗的生命力注入其中。由设计师的创意转化成空间的容貌和情感，将设计语汇串成诗句以满足人们的物质需求，达到人们的精神需求。

拉近梦想与现实的距离。

家是梦开始的地方……

600宽黑金砂麻石

House Sales Center for Winner's Block

Location : Beiyuan, Chaoyang District, Beijing
Project Area : 2 000 m²
Design Time : 2006

公园2008项目售楼处

项目位置: 北京市朝阳区北苑
项目面积: 2 000 m²
设计时间: 2006

　　本案位于北苑居住社区内。本项目以2008北京奥运为大背景，着力打造一个积极、健康、绿色、活力四射的售楼处形象，以促进楼盘的销售工作。

　　在外立面的设计上，力求简洁、时尚而富于变化。我们大量运用了活跃的纵向线条、疏密有致的排列，体现售楼处的挺拔与向上的活力。外立面颜色选用与楼盘建筑外立面相统一的灰色作为主色，衬托主题。

　　室内部分，在接待展示区内多采用绿色的玻璃、绿色的运动形象背景，体现出楼盘绿色的奥运理念。吊顶天花造型内选用洋红色涂饰，打造一种家的温馨感觉。大厅内柱面采用碎钻玻璃做装饰面，晶莹璀璨，彰显楼盘的品质。最有代表性的应属地面设计，在地面的动线位置选用钢化玻璃与木地板结合斜拼的方式，增强动感，体现出活力与向上的内涵。

　　二层办公区以玻璃作为隔断材质，给人以清新、整洁之感。玻璃上的喷绘图案也具有形象展示功能。

1. 外立面一（现场照片）
2. 外立面二（现场照片）
3. 模型展示区（现场照片）
4. 接待区（现场照片）
5. 外立面

接待区

Sample Room of Time on the Heping Road to Happiness

Location : Shijiazhuang, Hebei Province
Project Area : 380.16 m²
Design Time : 2009

和平时光项目样板间

项目位置：河北省石家庄市
项目面积：380.16 m²
设计时间：2009

C1户型：时尚欧式（123.29 m²）

　　本案设计着力打造一种西方文化生活的
意境，让居住者感受到空间的浪漫与惬意。

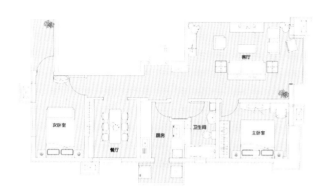

C1户型平面布置图

1. 餐厅
2. 卧室
3. 卫生间
4. 客厅

J1户型：前卫现代（73.25 m²）

　　本案是为那些喜欢追求时尚前卫艺术、创造缤纷生活的人，为那些追求美丽炫目的"巢"的人而精心打造的理想空间。我们的核心理念就是"筑巢"。卧室作为"巢"的核心，利用软银色营造卧室冰冷、艳丽、现代而不失温馨之感，利用大量的曲线墙体和曲线形家具及蜂窝状材料进一步强调"巢"的概念。

设计前平面图　　　　　　　设计后平面图

1. 客厅
2. 吧台休息区
3. 卧室

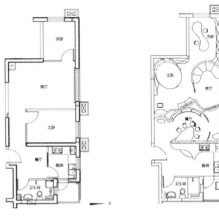

J2户型：简约现代（91.09 m²）

　　本案设计的空间将会与喜欢追求简约生活、有时代审美情趣的人产生强烈的共鸣。他们会在空间内找寻到自我的满足与释放。

J2户型：简约现代

1. 餐厅
2. 客厅
3. 卫生间（手绘）

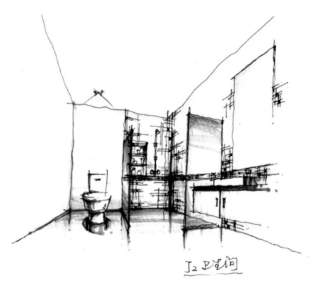

J5户型：新古典（92.53 m²）

　　本案设计以米白色和黄色作为色彩的基调，利用深色的木作及细腻的石材作为点缀。通过家具、装饰灯具和摆件，营造一个色彩相对轻盈的古典空间。

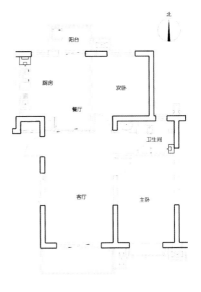

设计前平面图

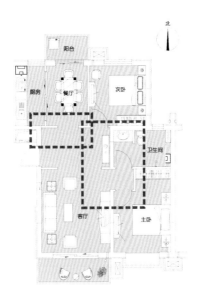

设计后平面图

1. 客厅（视角一）
2. 卫生间
3. 餐厅
4. 客厅（视角二）

Shunxi Mountain Villa

Location : Shunyi District, Beijing
Project Area : 1 438 m²
Design Time : 2010

顺喜山庄别墅

项目位置：北京市顺义区
项目面积：1 438 m²
设计时间：2010

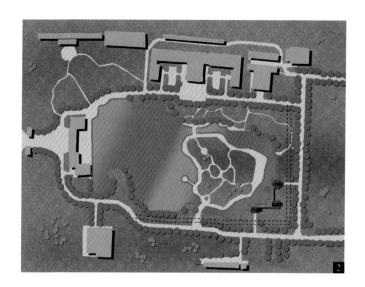

1. 一号别墅外立面
2. 总体平面图
3. 二号别墅外立面

河

白

LANDSCAPE
景 观

在景观界面上，各种自然和生物过程、历史和文化过程以及社会和精神过程发生相互作用，而景观设计本质上就是协调这些过程的科学和艺术。

面对生态环境的日益恶化、文化身份的丧失以及人与土地精神联系的断裂，当代景观设计必须担负起重建和谐自然的使命，在这个城市化、全球化、工业化的时代里设计新的可持续发展的环境。

Shandong Yimenglaoqu Jiuye Co.,Ltd.
Location : West Industrial Zone, Linshu County, Shandong Province
Design Time : 2006

山东沂蒙老区酒业有限公司
项目位置：山东省临沭县城西工业区
设计时间：2006

1. 总平面图
2. 厂区入口
3. 厂区总体规划（鸟瞰图）

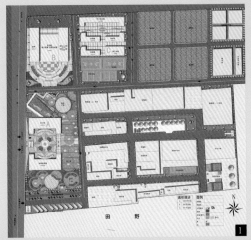

田 野

Beijing Olympic Aquatic Center
Location : Shunyi District, Beijing
Design Time : 2004

北京奥林匹克水上运动中心
项目位置： *北京市顺义区*
设计时间： *2004*

本案在入口广场的设计上为了有效利用这片狭长的区域，用地被划分成基本相同的两段，北段中的二分之一为娱乐和度假区，南段中的二分之一为停车和广场及主入口。大面积的临时停车场将设在主入口广场的南北两边。南段的空间形成基本均等的三份。中段是地势起伏、具有强烈纵深感的奥林匹克水手广场。从入口向西拾级而上，经过错落有致的两个方形平台，映入眼帘的将是颂扬奥林匹克辉煌历史的纪念水墙。沿水墙两边向上的台阶继续西行，可看到广场尽头一只晶莹剔透的椭圆形水环，白金色的奥运五环就静静地浮于这片湛蓝的水面之上。夜幕降临时，以此金属五环为中心向天空打出的五条彩色光柱和冲天数十米的巨型水柱将成为顺义划艇赛场第一个特色景观。

在水上公园的设计中，我们利用赛道东侧康庄大道北的梯形用地建造了一座15万 m² 的水上乐园。在内容上充分吸取了世界各地水上公园的精华，有超大型水滑梯、冲浪、死海漂浮和巨型摩天轮等设施。由于北京四季分明，尤其是寒冷的冬季，气温常在0℃以下。根据这个实际情况，在用地的一角，考虑兴建一座半室内水上乐园，在寒冷的冬季也能保证公园照常对外开放。

在沿全长2 220 m的静水赛道池壁，造就了一条蔚为壮观的人工瀑布，瀑布不仅有文化与欣赏价值，也满足水质处理上的需要。配以程序控制的水下彩灯形成了五彩缤纷的梦幻大银幕。在观众席的水池部分，将设置全球最具规模的音乐喷泉表演。

1. 总平面图
2. 水上世界村
3. 总体规划（鸟瞰图）
4. 奥运广场

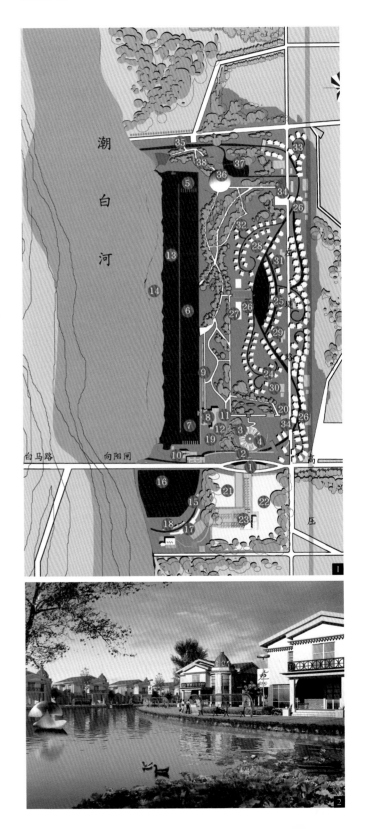

2

1. 激流回旋赛区
2. 陆上游乐园

Xiaotangshan Mountain Villa

Location : Xiaotangshan Town, Changping District, Beijing
Project Area : 14 065 m²
Design Time : 2005

小汤山山庄

项目位置：北京市昌平区小汤山
项目面积：14 065 m²
设计时间：2005

1. 整体规划图
2. 庭院温泉
3. 鸟瞰图
4. 东立面

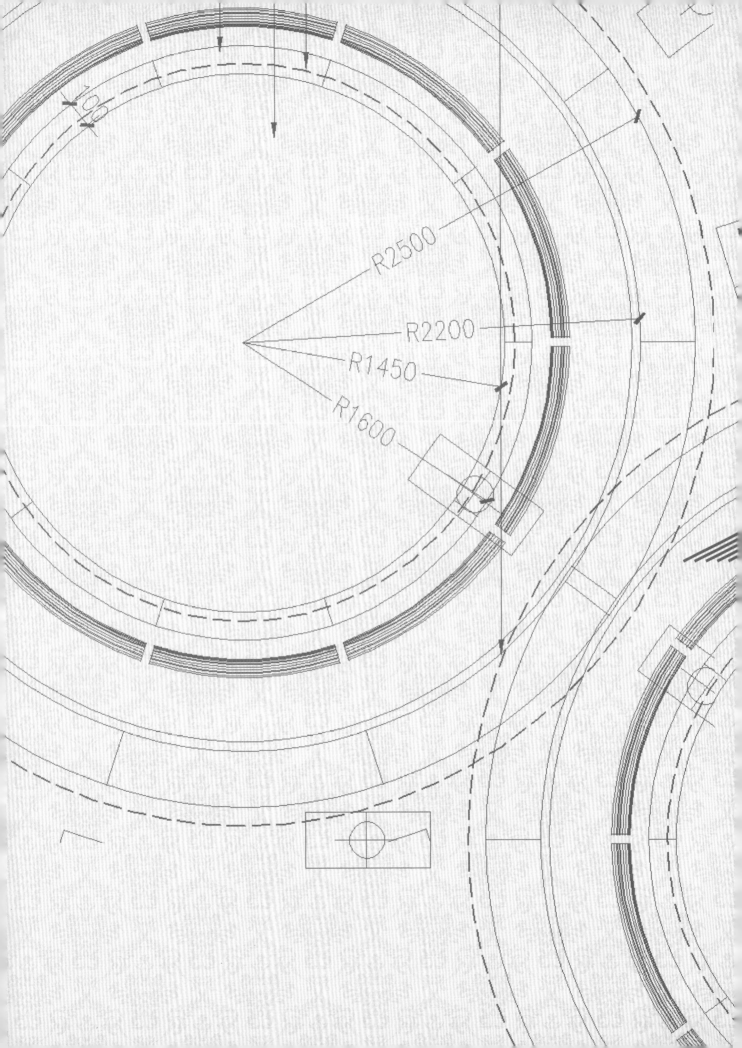

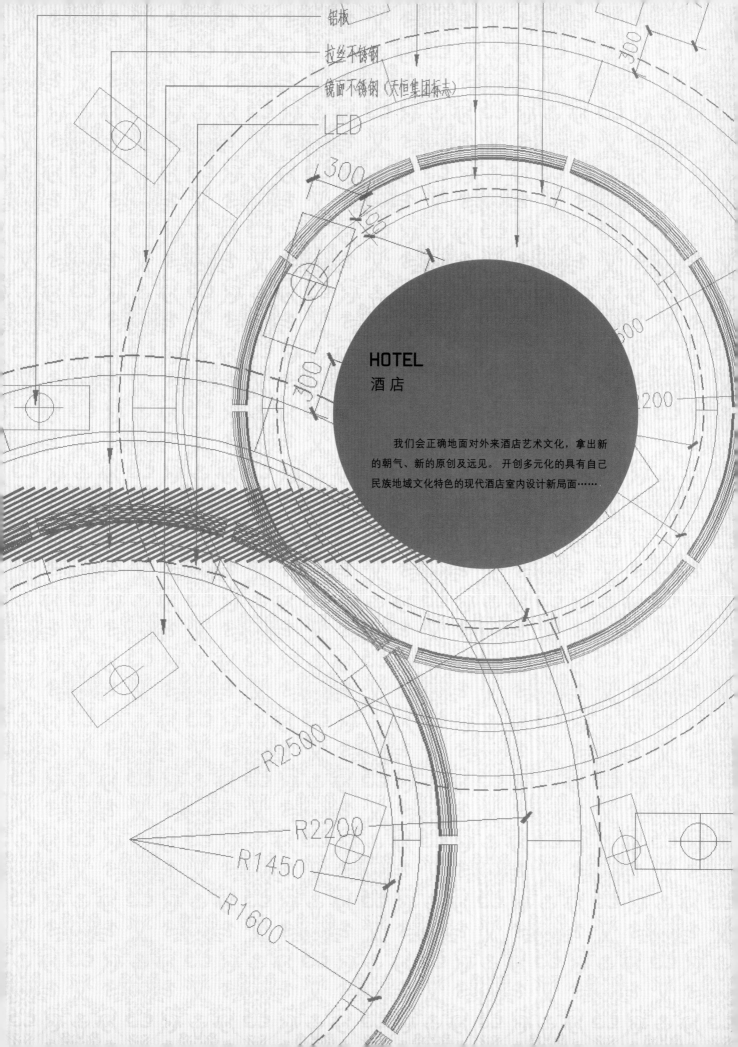

铝板

拉丝不锈钢

镜面不锈钢（天恒集团标志）

LED

300

300

300

300

500

200

R2500

R2200

R1450

R1600

HOTEL
酒店

我们会正确地面对外来酒店艺术文化，拿出新的朝气、新的原创及远见。开创多元化的具有自己民族地域文化特色的现代酒店室内设计新局面……

Tianhe International Hotel

Location : Jining, Shandong Province
Project Area : 36 000 m²
Design Time : 2006

天河国际大酒店

项目位置：*山东省济宁市*
项目面积：*36 000 m²*
设计时间：*2006*

　　齐鲁大地是中华文明最早的发源地之一，文化气息十分浓厚。本案的设计试图在继承传统文化精髓的同时，引入现代的酒店设计理念，力求把齐鲁的风土文化融入其中。

　　走进大堂，客人首先感受到的是空间的精美，装饰性的花纹显露其间，使人被它的细部装饰深深吸引。挑高的大堂层高、雄伟挺拔的柱廊、螺旋形的水晶吊灯、圆形屋顶引人入胜的水景装饰是整个建筑的设计精髓。在柱廊的设计上将原来的圆柱改建成长方形，从而使一、二层的纵向空间被打通，加大了大堂的升腾感。同时，向心性的布置既利于引导人流又与圆形的穹顶相呼应，加深了空间的凝聚之感。通过石材与木材的有机对比，突出了材料的自然之美，在灯光的照射下更加玲珑生动。

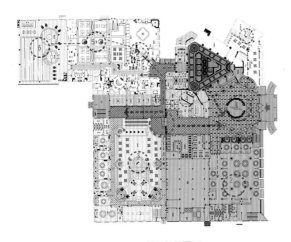

首层总平面图

1. 桑拿休息厅
2. 大会议厅
3. 贵宾接待室
4. 会议厅

总统套房是本酒店设计的华彩乐章，我们将不同材质的节奏变化在设计中进行了充分的表达。是设计师对贵族文化生活理解完成的经典空间设计，可谓是淋漓尽致、一气呵成。

韩式、日式套房功能布局合理，是酒店语言的完美体现。在装饰手法上营造一个现代酒店对客人体贴入微的眷顾感，让酒店文化变成一个可视的立体空间。

1. 韩式套房
2. 日式套房
3. 总统套房

3

大餐厅作为一个现代的古典作品，以中心四根圆柱为界定，使餐厅成为回形的布置，将纱帘这种古老的元素应用于空间的分隔，加强了虚与实的对比。在顶部大型灯罩的映衬下，显示出宽敞明亮的特征，使整个建筑透明起来。

设计语言在小餐厅这个空间内得到了充分的展示，设计符号已经深入到极致。整体设计温馨典雅，把材质的特性充分地挖掘出来，并完美地体现在空间里。

咖啡厅内布置了开放式的座椅围绕折型的餐桌，充满了露天茶室的美好感觉。黑色垫子的皮椅、白色桌面的柚木自助餐桌，配合茂盛的树叶及圆形的木质楼梯间，营造出一种愉悦的流畅动线，引人入胜。

1. 小餐厅
2. 咖啡厅
3. 大餐厅

Lida Hotel

Location : Miyun County, Beijing
Project Area : 12 000 m²
Design Time : 2007

利达酒店

项目位置：北京市密云县
项目面积：12 000 m²
设计时间：2007

　　本案是将自然和生命的主体元素引入室内，注重功能与美学相结合的设计思维，诠释其整体空间的多重性。全案以崭新的设计理念取代传统的材料堆砌来进行设计，是建筑与现代环保生态理念的结合。

　　在大堂的空间处理上，一是基于原有建筑结构，做了一个圆形的大堂空间，以增加空间的体量感，并在空间的高度上增高了一层，以求更好地体现大堂的整体气势。二是把整个入口处的内庭空间用玻璃封闭起来，从而形成一个更宽敞的庭院式空间。其高度为四层楼高，屋顶采用玻璃顶形式，更好地体现出一种以人为本与室内绿化的全新设计概念。

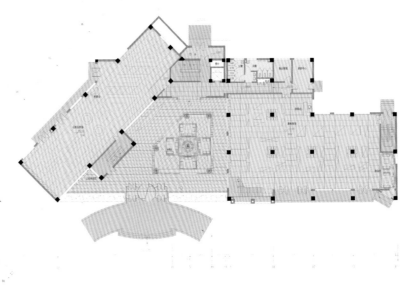

1. 标准客房
2. 会议室
3. 中餐厅
4. 首层大堂

首层总平面图

Four-season Hall of an Conference Center

Location : Xicheng District, Beijing
Project Area : 1 380 m²
Design Time : 2007

某会议中心四季厅

项目位置：北京市西城区
项目面积：1 380 m²
设计时间：2007

本案位于会议中心顶层。

贵气：高规格的接待和高级会议活动。

文气：要求体现中式、庄严、完美、安全。

灵气：舒适的气氛、舒缓的空间。

在本案设计中，将中式传统建筑的经典造型引入其中，同时强调变化融合、耐人寻味。园林景观的布置同样是本案的亮点，景观树木、植物的高低错落，溪水环绕，木桥横跨，漫步其间真是一步一景，舒适放松。

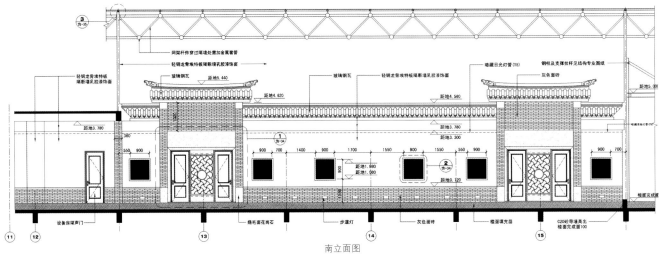

南立面图

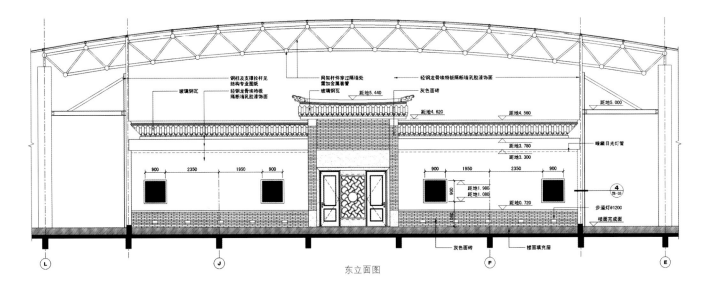

东立面图

1. 四季厅全景
2. 卫生间

Resort Hotel
Location：Haidian District, Beijing
Design Time：2005

度假酒店
项目位置：北京市海淀区
设计时间：2005

　　本案位于依山傍水的湖岛之间，其室内总体风格所要表达的气氛，既是人对建筑功能的要求，也是环境对建筑内在品质的要求。在人工物质环境的宾馆中，如何保持与自然的和谐联系，在室内仍然可以体验到生态的质朴和意趣，则需要人与自然在建筑的媒介中沟通。我们所要做的就是减少人工干预的雕琢，避免过度修饰的造作，返回天然的本真。

　　门厅大堂的室内园林是室外自然景观的室内镜像，也是对自然元素的延伸。在与室内空间的交接上，利用半通透的竹帘和竹竿以及玻璃隔断墙使界面得以变化。在边界的处理上，玻璃和竹墙的围合既体现了自然元素的肌理，又通过光的反射弱化了表面的细节。在门厅入口和前台之间，有一条连接室外自然和室内环境的虚拟桥梁，那就是由地面光带和黑色石材铺地组成的指向性通道。

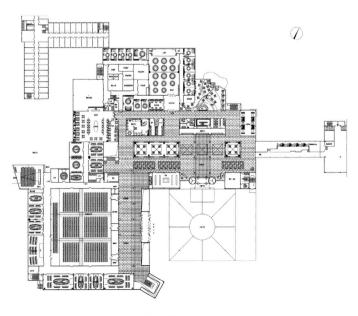

首层平面图

1. 套房
2. 会议室
3. 中餐厅
4. 大堂（视角一）

大堂（视角二）

　　多功能厅在室内布局上采用了灵活的处理手法，顶棚悬挂的移动隔断可将室内分隔成若干小空间，以方便不同规模会议的使用。四壁均采用吸声的墙面材料。吊顶内嵌着均匀的灯光布光，保证了照明的均匀柔和。

　　庄重、豪华、典雅是宴会厅室内空间的总体风格。波浪曲面的吊顶产生浪漫轻松的韵律，深色格栅里的灯光又与豪华吊灯形成对比，有如暗夜里的星光，与日月交相辉映。空间色调是暖的，烘托出集会活动的热烈气氛。墙壁木纹表面和错落的隔断丰富了室内界面的肌理，增强了装饰性。

　　风味餐厅的整体风格是亲切、温馨和贴近自然。木质格栅吊顶下悬挂的弧形帆布在散射柔化了灯光的同时，也打破了格栅笔直坚硬的线条，为室内空间增添了放松活跃的气氛。石材墙壁和流水玻璃墙后的竹天井是具有天然元素的生态景观，使人在进入餐厅的同时能够通过朦胧的水幕欣赏幽静的竹林剪影，体验到与自然交融的愉悦。

1. 多功能厅
2. 风味餐厅
3. 宴会厅

Jinnian Hotel

Location：Fengtai District, Beijing
Project Area：36 000 m²
Design Time：2007

金辇酒店

项目位置：北京市丰台区
项目面积：36 000 m²
设计时间：2007

　　本案在外立面设计上有两点考虑，一是协调好与周边建筑的关系，二是要很好地体现金辇酒店的品质与形象。首先，考虑到东、西、南三侧均为住宅楼，对本建筑有视觉遮挡，而北面的视野较开阔，主要人群也集中于此，所以我们在建筑的北立面设置了一部观光电梯。此举既可打破原建筑立面的单调性，又增加了垂直运输方式，给客人留下深刻的印象。其次，出于对建筑整体协调上考虑，将配楼的东北角改造成圆形的挑空空间，用通透的弧形玻璃围合起来。此设计既增强了外立面效果，增大了房间使用面积，又提高了室内观景范围，可谓是一举多得。

1. 总平面图
2. 总统套房
3. 外立面

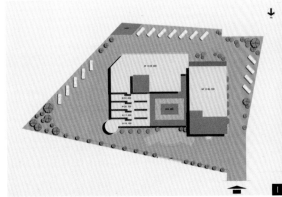

1. 首层大堂
2. 咖啡厅
3. 宴会厅

Yanzhao Hotel

Location : Baoding, Hebei Province
Project Area : 24 000 ㎡
Design Time : 2006

燕赵大酒店

项目位置：河北省保定市
项目面积：24 000 ㎡
设计时间：2006

EXCLUSIVE INTERVIEW
设计师专访

刘颖芳
北京清华大学美术学院环境艺术系　学士学位
中央美术学院人文学院艺术管理系　在职研究生
北京城建亚泰装饰设计有限公司　总经理
国家一级注册建造师

中国装饰设计协会，简称中装

刘颖芳，简称刘

中装：目前很多国内五星级连锁酒店都是由国外设计师设计，中国人很少参与设计及管理，您对这种现象有何看法？中国的酒店设计和国际酒店设计存在哪些差异？您对中国酒店设计的发展有何建议？

刘：五星级酒店在中国的落成，全然是改革开放、经济发展的必然产物。那时，北京高档的地方就是钓鱼台国宾馆，随着越来越多的外籍人士到中国进行商务活动，住宿和生活成了难题。1984年，中国以改革开放的姿态迎来了建国的第35个年头。其间，6月20日，第一座高层建筑——五星级长城饭店正式营业。玻璃外墙，24层高，这在当时都是首创，甚至社会上还出现了把五星级酒店理解为"五角星饭店"的笑话。

在这样的大环境下，出于对市场的考虑，世界知名的酒店管理集团纷纷占领中国市场，具有国际性的设计公司也随之成为完成五星级酒店设计的首要人选。在发达国家，五星级酒店的设计要有规划、市政、金融、市场、建筑、设备、消防、灯光、音响、室内装饰、艺术等至少十几个门类的专家和专业技术人员来参与设计，同时酒店还有管理顾问、餐饮专家和保险公司的介入。建一家酒店涉及到的用品、设备和材料多达万种，每一种都要有精通的行家来选择和处理。在中国20年的发展过程中，中国本土设计师并未真正地进入五星级酒店设计的行列，通过我多年的设计经历，可以归咎为以下几点原因。

（1）"设计即体验"。五星级酒店是一个舶来品，中国本土设计师大多数没有对五星级酒店进行过真正的体验，也没有时间和财力对其进行充分的调研，更缺乏统筹酒店设计相关的知识和理论基础。例如：功能布局及分区设计、总体规划与设计、建筑设计、内外景观及园林设计、室内装修设计、机电与管道系统设计、标志系统（VIS）设计、交通组织设计、管理与对客户服务流程设计等内容。因此，在目前世界设计市场现状中，中国设计尚未成为影响国际设计的主流。

（2）中国的酒店设计。目前仍处在摸索阶段，难免从"跟风"和"COPY"开始。在这种情况下产生的设计，不论是新颖程度还是设计费用，更能够被投资方接受。但这种模仿后的酒店没有真正地因地制宜，甚至继承了原有设计的一些错误的地方。因此，造就的酒店也毫无特色与创新。

（3）中国酒店建设市场尚不健全。设计之初，往往由多家设计单位分项进行设计，再由多个施工单位进行施工。这种多头并进的方式缺乏合理的统筹安排，也没有专业人员进行核准，多数情况下为建设指挥部简单审阅即获通过并实施。美其名曰"同时间要效益"，恰恰是这种无知的、不负责任的态度和办事风格，制约了中国设计师的发展。

中国并不缺少有创新性的设计人才和设计管理人才，但更需要有一个相对健全的机制和环境。我们可以看到在国际知名的设计团队中不乏华人的身影，他们在学习到先进的设计管理方法及设计思想后，会分离出来，组建自己的工作室。但在中国，酒店业的发展才刚刚开始，酒店设计的发展，首先是建设方思维的转变和发展。在这里，我想讲一个小故事：2008年5月的一天下午，一位建设方找到我们，希望给他在北京的上

地产业基地刚买的酒店做室内设计，时间一个月，希望在奥运会开幕时投入使用。到了施工现场一看，项目本身是一个刚刚完成的毛坯建筑。首层大堂与二层贯通，挑高约10m；三层、四层原设计定为餐饮、会议；四层以上是客房及其他配套用房。建设方提出要求：要快，赶在奥运会开幕之前营业并接待外宾；一层和二层之间增设楼板，扩大餐饮面积；做奥运主题的室内设计……面对这样紧迫和长官意识的要求，作为设计师只能感到无奈和一种内心的绞痛。

中国不缺乏好的项目，但缺乏好的秩序！2009年，在全球尤其是西方发达国家受到金融危机的严重影响时，中国的发展与崛起受到世人的瞩目。作为一名设计工作者，我相信我的国家会越来越强大。当更多的制度被健全、更科学的管理被认同，我国的酒店设计也会迎来自己的春天！

中装： 您曾经做过政府性质的酒店，这种酒店的设计与普通的酒店设计有不同之处吗？在设计这种酒店时是否会受到某些限制？是否有需要特别注意的事项？

刘： 首先，政府性质的酒店在接待的客户群体上与普通酒店不同。主要是全国人大代表、政协委员及其他政府官员等。其次，在酒店中公共区域内容较为丰富，设施全面，尤其在会议区域尤为重要，大的报告厅、中型会议室、小型接待室的配比很关键，动线安排要合理。第三，政府性质酒店在设计过程中充分考虑其精神所在、风格定位。在设计这类酒店时，会受到资金、时间、设计风格等的限制。

（1）资金限制可能是所有酒店项目都会遇到的问题，政府性质的酒店更为凸显。因此，在设计过程中会省略掉家具的深化设计、导向系统设计、配饰艺术设计等尤为重要的设计环节。

（2）对于政府性质的酒店，管理方就是酒店的投资方或建设方。在设计时间上不会很充裕，经常是在休会期间，要求设计和施工在一定的时间内完成，缺乏统筹安排和充分的设计论证。

（3）由于政府性质的酒店主要以住宿、会议为主。在设计风格上更追求一种平和大气，但缺少了涉外酒店的氛围营造。这也是很遗憾的地方。由于政府性质的酒店，面对着全国各地的党

政要员，甚至是港台地区的行政人员。在有限的时间内充分利用地域特点，设计出有大国精神的酒店。这一点是非常重要的，也是有别于其他酒店的地方。另外，政府性质的酒店非常注重功能，装饰要让位于功能。例如：在做客房设计时，它需要部分房间有办公的职能，写字台、会客沙发以及需要处理文件的影印、打印、传真等设备也是要放在房间内的。所以在做平面规划的时候，会有许多种可能性，电气设计也比一般的客房设计复杂。

中装：目前很多设计师认为精品酒店与豪华大酒店相比有明显的竞争优势，因为精品酒店设计元素具有很活跃、很宽泛的特点。您在这方面有什么见解？

刘：豪华饭店兴起于19世纪末的西方，这种饭店中的航空母舰经常被那些拖家带口、奴仆成群的大家族所惠顾。20世纪八九十年代，中国出现的豪华饭店多为外资大型（酒店）集团。

对于设立的连锁酒店，是因为同一个集团里面的酒店不论设计、管理都有他们独特的方式，具有稳定的服务素质，也希望不同国家的客人在中国能够享受同样的集团化的服务。豪华酒店在客人心目中的概念是越大越好，越高越好，设施越全越好。但是，随着社会的进步，传统豪华酒店对于追求个性、时尚和希望体验不同国家和不同地域特点的顾客群慢慢失去了吸引力。就好比，我们经常到高档商场购买名牌服饰，喜欢他们的设计，相信他们的质量。但是有的时候，

也会去一些精致的小店，寻找新奇的、特别的东西，感受不一样的感觉。

1984年在美国纽约开业的Morgans Hotel精品酒店，只有113个房间，由当时的一位很出名的法国女设计师完成，给当时的酒店业带来了轰动！精品酒店与传统的豪华饭店有许多不同之处，一般来说房间的数量都比较少（有的，甚至少于100间）；餐厅的选择也是有限的，一般只有一个；其他的设施，像会议中心、商务设施、娱乐设施等等都不像传统酒店那样完备，选择也是比较有限的。但这些都不表明精品酒店缺乏自身特点，往往精品酒店比较注重设计的元素，追求特别的感觉和地方文化元素。甚至于精品酒店就是把设计师作为主要卖点。

在中国，随着Boutique Hotel概念的引入，以提供尊贵、奢华、私密及独特的个性化居住服务的精品酒店陆续开业了。这些酒店分为两种情况。一种是全新的设计，要求高质量设计元素及设计主题，具有独立精神。例如，由德国豪华旅馆集团凯宾斯基公司作为精品饭店经营的北京水关长城旁边的"长城脚下的公社"，由12位亚洲顶尖建筑师设计的别墅，依山就势，各有特点。许多来此光顾的客人都是慕名而来。另一种情况，就是把旧有的建筑物改装，中国博大精深的历史也构成了中国精品酒店的独特性。例如，2007年5月，源于旧上海滩青帮头目杜月笙的旧公馆改造成精品酒店首席公馆的开业。客房只有32间，却有300多件20世纪30年代的物件。整座

1. 法国巴黎 Hidden 精品设计酒店
2. 上海杜月笙的旧公馆改造成的精品酒店
3. 长城脚下的公社

酒店没有大堂，只有客厅，进入首席公馆的一刹那，就被浓重的历史氛围包围住了。留声机、壁炉、30年代的钟表、国民党元老吴敬恒题名的杜月笙大事记簿、60岁寿言集等。入住在这种精品酒店，对于客人的诱惑力是任何一间豪华酒店所达不到的。进入21世纪，对于个性化的追求事实上是生活形态多样化的体现。传统的大而全的奢华酒店不能满足生活越来越富裕的人们对闲暇与文化的消费，客人们更是根据自己的感觉来挑选酒店。一些知名的国际连锁酒店或是投资者都预见到了传统酒店市场份额的递减趋势，精品酒店在未来将发挥它特有的优势！

中装：目前酒店设计趋于国际化，那么地方性和民族特色在国际化大酒店中会起到什么样的作用？应用过程中需要注意哪些问题？

刘：酒店设计应因地制宜，没有一成不变的规则和设计模式，在设计中尽量地使用地方材料和做法，表现出与众不同的品位，不失为设计的一种方法。地方性和民族特色在国际化大酒店中被应用，一方面，表达了对当地客人的一种敬意，另一方面，通过自己的地方特色、民族特色吸引外来客源。但值得注意的是酒店中室内设备是现代化的，标准和规格是很高的，更要保证功能上使用的舒适要求。以往，在酒店设计中地方性和民族特色只从形式入手，装饰符号化，这是不可取的。应该去研究它们形成的原因，从内容出发，设计出有独特文化内涵的、有自己独立精神的酒店，这才是最为重要的！

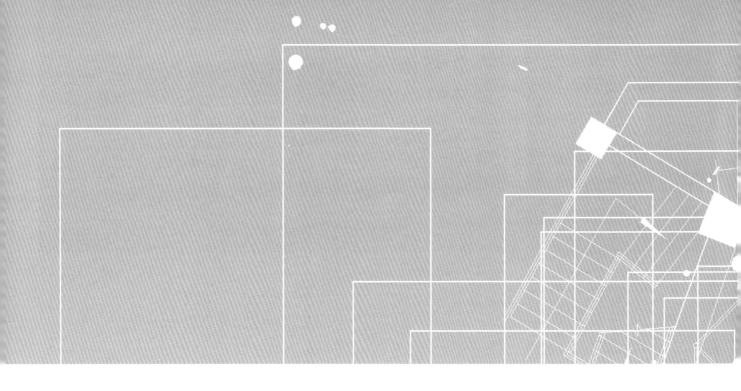

PUBLIC TRANSITS 市政交通

随着城市建设的投资力度加大，城市建设的步伐加快，市政交通建设正在迅猛的进行中。城市中轨道交通的建设尤为显著，通过几十年来政府的改造扩建，新线路的增加，规模里程不断加大。在设计上也从最早的单调乏味的地铁站面貌，变为现在有主题、有文化，装饰手法各异，材料应用广泛，人性化设施完备，配套识别系统到位的美观实用的现代轨道交通新面貌。

EDUCATION 教育

教育建筑是一个受到诸种因素影响的复杂综合体，自然、地域、历史文化以及社会环境等都会对之产生不同作用。其规划设计已从早期建筑单体的简单组合，发展到21世纪以空间环境设计为重点，着眼于建筑与自然、与地形的结合，着眼于人与环境的和谐发展。

对特定地域、特定人文背景下的学校设计，可以表现其建筑或场地所拥有的品质和特别的精神，诠释其教育建筑本身的民族文化、地域文化。

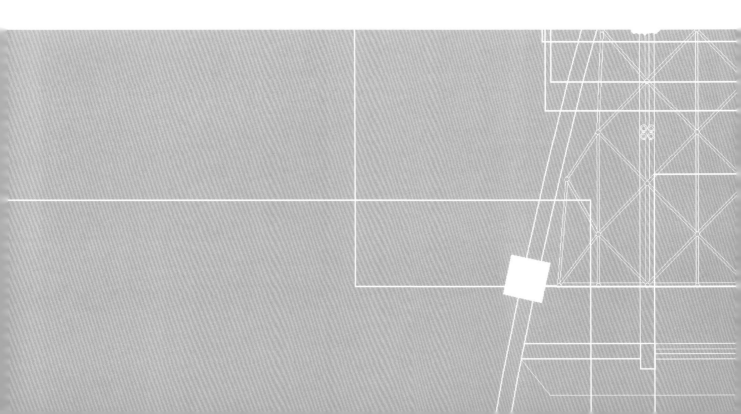

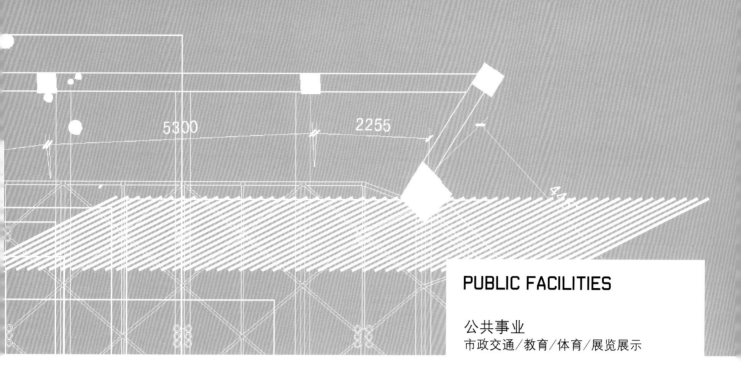

PUBLIC FACILITIES

公共事业
市政交通／教育／体育／展览展示

SPORTS 体育

当前体育已经成为一种复杂的社会文化现象，被赋予体育更多的文化色彩，同时由于休闲产业和体育产业的结合，提出了体育和游戏作为文化的本质和意义对现代文明有重要的价值。人只有在这些活动中才最自由、最本真、最具有创造力。

体育馆的共同发展方向应该在设计上注意人的需求，适应多功能和灵活空间的需求，提高社会和经济效益的需求，绿色、环保、健康、可持续发展方向的需求，扩大空间设施使用范围的需求。

EXHIBITION & DISPLAY 展览展示

强化环境特色，塑造展示主体形象，从而达到吸引消费者，树立品牌形象。

展示设计是以招引、传达和沟通为主要机能，进行有目的、有计划的形象宣传，并为这个形象宣传的需要进行的互为补充或共荣关系的环境设计。采用一定的视觉传达手段，借助于道具、设施和照明技术，通过对展示空间环境的创造,将一定量的信息内容传达给公众。

商业展示空间是以招徕顾客、诠释展品、宣传主题为意图的，它的主体是表达展品的形象特色，从广义上说这个展品不光是指展示的实物，还包含了展示空间本身。由于展示空间需要表达展品的形象特色，所以其整个室内设计包括照明设计都需要有个性化、风格化的特色手法。

Track Traffic Interior Design
轨道交通室内设计

　　轻轨交通是城市交通运输的新动力，轨道交通与人密切相关的就是车站与车辆。在设计上最重要的是体现了以人为本的设计原则。

　　本项目在公共空间的设计中引入自然环境，强调了交通的自然性。设计上注意到夜间的照明，使人在精美的玻璃钢结构下面体验到一种难忘的空间气氛。空间的处理上，强化了空间的三维感，比如地板上的光带、天花板的光带，目的在于营造一个充满动感的吸引力的空间，并对功能和交通环境有明确界面。在色彩的设计上追求简单明快，以大面积的灰色系列衬托少量的鲜明亮色，达到了引导人流的作用。

2号站售票出入口的空间设计力求达到一种简洁之美。通过连续的圆形藻井与发光带，形成了一种秩序感。幽暗顶棚上的发光洞引导了人流，同时也为空间增添了几分活力，框架玻璃墙为整个售票厅带来了一种流动的韵律感，成为空间中的亮点。在地面材料的选择上注重通过肌理与色彩的有机结合来划分功能和引导人流，同时也增加了使用的安全性。

2号站月台以海洋为设计概念，月台中部弧形的装饰带象征着起伏的海浪。而独特悬挂式灯带设计使人联想起船舷，同时又减少了设备安装的多样化对空间整体气氛的破坏，它将照明、监视器、扩音设备以及电视都集中在一起，便于维修与管理。地面的铺装追求一种单纯化，在不同区间以颜色或肌理进行明确划分，增加乘客的舒适与安全感。对于广告牌与车站路线牌的设计，将充分地重视其外形并与整个空间融为一体，舷窗式的玻璃窗洞为整个车站带了一抹亮色。

5号站售票出入口的空间通过谨慎地运用曲线来达到一种韵律与速度之美。椭圆形的拱形柱头与弧形梁形成一种稳健而有力度的庄严感，同时又不乏轻盈之美。椭圆的金属柱子与包成弧形的墙形成一种内在的协调，有一种速度美。而弧形墙上的横长灯带更加深了这种感觉。

5号站的月台两侧柱子用铝板外包使其增添了一份力度，与弧形带状柱头结合比例匀称，自然形成了一道廊柱。首先廊柱在空间功能上无形中区分了休息与等候区的界线，同时将人们的视线引向室外使车站与自然界融为一体。其次廊柱在美学上与月台顶棚钢架结构形成了一种材料与肌理上的对比。其面积有限从而使人们更加为钢架结构的美感与力度所震撼。

1. 2号站售票出入口
2. 2号站月台
3. 5号站售票出入口
4. 5号站月台

在6号站售票出入口空间，其墙壁上巧妙地运用金属材料，使得整个空间层次变得丰富而有节奏。金属墙壁的颜色和上面的灯带设计使视觉效果更为醒目，为整体空间的人流导向起到了积极作用。吊顶运用格栅板、铝板、灯带的交叠来形成一种水平带状叠进效果，加深了售票厅层次和科技感。

6号站月台设计体现了一种宁静感和纪念性。设计的关键在于简洁，平和的表面、仿天然的材料、明晰的布局以及照明设计是主要特色。室内拱顶运用了少量仿木铝板，使该建筑物的形象温暖而简洁。

9号站售票出入口设计主要是通过一堵玻璃砖墙加深空间的层次感，同时又起到人流导向的作用。将绿色植物引入室内，为乘客留下美好的印象。透过玻璃墙可见到其后若隐若现的绿色植物，为整个售票厅增加了几许清新。

9号月台设计主要目的是在布置上最大限度地提高旅客的舒适感和安全感。为此而特意设计了玻璃幕墙，它的上沿与弧形的下包铝板相交，起到了阻隔风雨的目的。而自然采光和人工照明的对比强化了其中或收或放的空间体验。

1. 6号站售票出入口
2. 6号站售票出入口
3. 6号站月台
4. 9号站售票出入口

材料：

黑金沙

西奈白麻

珍珠白

墙面铝塑板

夹胶玻璃

穿孔铝板

格栅铝板

铝板

白沙岩石

石岛红

9号站月台

Beijing Institute of Economic Management (South Campus)
Location : Gu'an, Hebei Province
Design Time : 2009

北京经济管理职业学院(南校区)
项目位置: *河北省固安市*
设计时间: *2009*

1. 环境规划
2. 围墙（手绘稿）
3. 环境规划（手绘稿）

徐㙮09.2.12

Xueda Education Technology (Beijing) Co., Ltd.

Location : Xinjiekouwai St., Haidian District, Beijing
Project Area : 800㎡
Design Time : 2009

学大教育科技(北京)有限公司

项目位置： 北京市海淀区新街口外大街
项目面积： 800㎡
设计时间： 2009

　　本案设计充分满足了学大教育对学习所需的
各项功能要求，各部门功能分区分配合理，人流
动线组织流畅。整体设计风格清新、雅致。通过
造型、色彩、材质灯光等方面的合理搭配，营造
出符合学大教育形象的办公及学习环境。

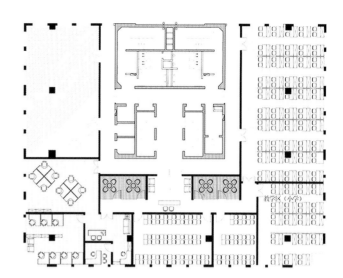

1. 前台
2. 陪读教室
3. 咨询室
4. 教室

平面布置图

Ditan Weightlifting Gymnasium

Location : Andingmenwai St., Dongcheng District, Beijing
Project Area : 13 600 m²
Design Time : 2005

地坛举重馆

项目位置: 北京市东城区安定门外大街
项目面积: 13 600 m²
设计时间: 2005

　　地坛体育馆坐落于繁华的安定门外大街旁，是一座设施完善、具有多种使用功能的现代化中型体育馆，也是北京市东城区重要的体育活动场馆。地坛体育馆建筑外形为正六边形。本案是地坛体育馆办公区、公共区室内设计。我们的设计着力打造现代办公环境，满足现代办公要求。办公区运用现代简约的设计风格，隔墙全部采用通透玻璃，使空间明亮、开敞。卫生间色彩明快、精致淡雅。淋浴间整体颜色温和、洁净，其天花部分设计了绿色环形组合，富有韵律及动感，淋浴隔断为绿色钢化玻璃，地面为仿古地砖。

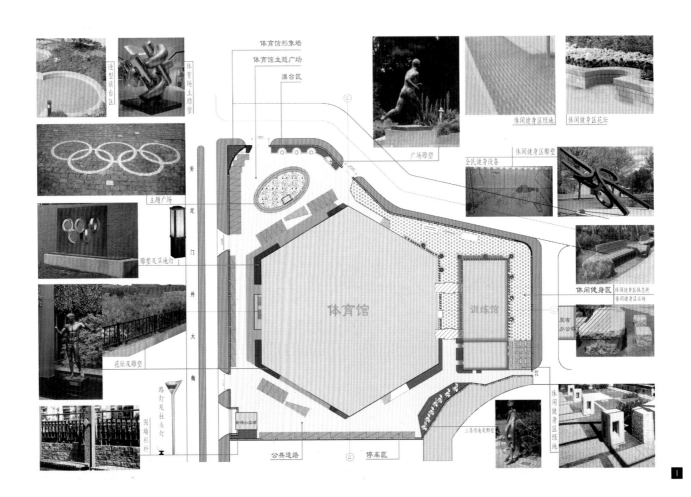

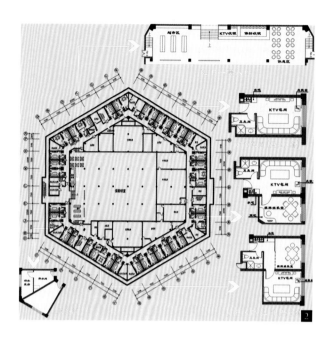

1. 总平面规划
2. 地下平面布置规划
3. 办公区走廊及会议室

Jilin Speed Skating Gymnasium
Location : Changchun, Jilin Province
Project Area : 3 100 m²
Design Time : 2005

吉林省速滑馆
项目位置：吉林省长春市
项目面积：3 100 m²
设计时间：2005

　　吉林省速滑馆是目前国内规模最大，功能最为齐全，设施、设备最为先进，具有一流水准的现代化速滑馆，并作为第6届亚冬会的主场馆使用。速滑馆位于长春市南岭体育商圈规划区域内，位置优越，交通便利，与南岭体育场、五环体育馆相映成辉。

　　速滑馆室内设计主要针对贵宾休息厅、新闻媒体中心、附属用房等展开。贵宾休息厅为高规格接待空间，其他室内空间均按功能要求进行设计，突出速滑馆主题，为训练及比赛营造一个健康、舒适的环境。

☆ 荣获"中国建设工程鲁班奖（国家优质工程）"

1. 外立面一（现场照片）
2. 外立面二（现场照片）

2

外立面三（现场照片）

1. 速滑馆内部（现场照片）
2. 入口门厅（现场照片）
3. 速滑馆内部（现场照片）

Changchun Speed Skating Stadium

Location : Changchun, Jilin Provice
Project Area : 10 350 m²
Design Time : 2005

长春速滑综合馆

项目位置：吉林省长春市
建筑面积：10 350 m²
设计时间：2005

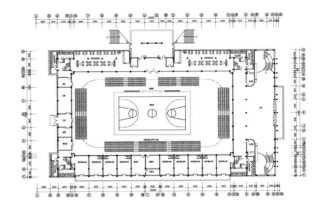

馆内平面图

1. 外立面
2. 体育馆内部

Planning Exhibition Hall
Project Area：4 600 m²
Design Time：2007

规划展览馆
项目面积：4 600 m²
设计时间：2007

　　本案是展示当代城市的建筑风格和规划内容的规划展览馆设计。在此空间内有城市地域文化的浓缩概括，有过去与现在的时空对话，有对未来发展的规划展望。我们的设计是将规划工作者的工作真实地、生动地展现在每一个参观者面前，通过颜色、材质、展示手法的变化来突出不同展厅的不同主题，同时将城市的自身特色融入其中。整个规划展览馆室内设计完整、概括，既突出了城市发展变迁的展览主题，又烘托了展览气氛。

展览区域

1. 展览区域
2. 模型区域

Hotel Exhibition Hall
酒店展厅

Peking Mix

Location : Xinglong St., Chongwen District, Beijing
Project Area : 19 000 m²
Design Time : 2006

北京汇

项目位置：北京市崇文区兴隆街

项目面积：19 000 m²

设计时间：2006

　　北京汇（商界II）项目建筑设计与环境相融合，建筑屋面设计为大角度坡屋面形式，这在北京城区内写字楼是非常少见的。外立面设计综合考虑了建筑的环境、高度、体量等因素，底商以上部分突出竖向线条，底商部分通过直线、折线的变化以及玻璃幕墙的运用突出商业氛围。建筑楼体以灰色系为主色调，外窗宛如明亮细胞体镶嵌于立面之上，晶莹璀璨的大面积玻璃幕墙亲切而生动。

Exhibition Hall of New Building Materials Business Office

Location : Fenghui Zhong Lu, Haidian District, Beijing
Project Area : 45 000 m²
Design Time : 2005

新材料创业大厦展厅

项目位置：北京市海淀区丰慧中路
项目面积：45 000 m²
设计时间：2005